ALMANACH

DE SAINT-BRICE

OU

LES AMES EN PEINE,

Par M. l'abbé Gono.

PRIX, 1 FR.

CHEZ L'AUTEUR, RUE DOMBEY, 11,

A MACON.

IMPRIMERIE DE ROMAND, RUE ROCHETTE, 6.

—

1855.

SAINT-BRICE.

—◦◦:◦:◦◦—

C'est une sainte et salutaire pensée de prier pour les morts.

Sancta ergo et salubris est cogitatio pro defunctis exorare ut à peccatis solvantur.
II Marc. XII, v. 26.

Le juste expédié sur la terre en védette
Va droit au purgatoire acquitter une dette
Contractée avec Dieu sur le chemin de fer,
Qui mène au ciel ou qui mène à l'enfer.

A l'aspect des tombeaux, mortels, découvrez-vous.
Sur la cendre des morts, fléchissez les genoux.
Priez pour le salut et pour la délivrance
Du juste qui gémit dans un lieu de souffrance
Pour avoir insolvable osé franchir le pas
Qui soumet l'homme juste aux horreurs du trépas.

Ici, repose en paix au ciel, me direz-vous,
        Le plus chaste des hommes
Que la terre ait produit dans le siècle où nous sommes,
Affranchi de la mort dont Dieu tient les verroux
Glissés sur l'insensé qui brave son courroux.

Ici, repose encore un juste sous la pierre,
Un juste, baptisé sous le nom de saint Pierre,
Un juste, homme de bien, un juste, homme lettré,
Un juste qu'à jamais pleurera Solutré.

Là soupire à mes yeux un philosophe, un sage
Qui fit de la sagesse un triste apprentissage,
Tourmenté par le feu qui dévore ses sens
Caressés et perdus par un faux grain d'encens.

Ici l'humble élevé dans le sein de Dieu même,

1856

(C.)

Foule au pied, couronné le monarque suprême.
Le savant Archimède a perdu son crédit.
La vertu seule au ciel peut sauver l'érudit.
La poussière orgueilleuse aveugle le mérite...
La vérité dévoile au grand jour l'hypocrite.

De tous côtés je cherche un homme vertueux
Dont le nom se dérobe au tombeau fastueux.
Mais que dis-je ? un saint prêtre, un saint Vincent-de-Paule
Règne encor parmi nous d'un pôle à l'autre pôle ;
Un digne abbé Laplatte, un digne père Agu
Ont su calmer des maux le mal le plus aigu,
En fondant enrichi de leurs dons admirables
L'hospice recherché des pauvres incurables.

Je cherche en vain le nom d'un prêtre hospitalier,
Que ma mémoire appelle et ne peut oublier.
C'est l'humble abbé Boutouge, assis dans les ténèbres
Qui mérite à mes yeux mille oraisons funèbres.
La charité lui doit son rétablissement,
L'abbé des 15-20, son premier rudiment.

Ombre que je chéris, ombre que je déteste,
Laisse-moi t'aborder, te fuir comme la peste.
Tu m'as fait plus de mal, que tu m'as fait de bien.
Ton nom enseveli ne valut jamais rien.
Que le Juge suprême avec moi te pardonne,
Au pied de cette croix, où mon cœur s'abandonne !

Mon pied heurte une tombe où Madame F.....
Repose en paix assise auprès d'un saint vieillard
Qui fut pour elle un guide, un sage, un économe,
Un ami véritable, un parfait honnête homme.
L'autel où je célèbre est paré d'un beau don.
La chasuble du prêtre est sa robe de noce
Qui produit à nos yeux une vertu précoce
Et nous attire au ciel un sublime pardon.

Tout Saint-Clément respire une âme généreuse
Ensevelie, hélas ! sous la voûte ombrageuse
Que le chemin de fer a tracée à nos yeux.
La terre de Saint-Brice ombrage ses aïeux.

Cette terre est bénie et cette terre est sainte
Dans son vaste contour et dans sa vaste enceinte.
Cette terre est bénie et ce champ du repos
Repousse loin de nous les lugubres drapeaux
Qui volent tous les jours de victoire en victoire
Pour ramener la paix sur notre territoire.
Tout] Saint-Clément respire à l'ombre de la mort
Où le juste épuisé de fatigues s'endort.

Là, Louise, endormie au sein de la fortune ,
A vu calme, arriver la mort inopportune
Et laissé des regrets éternels et sans fin
Au couchant de sa vie, à son dernier confin.
       Epouse et mère, adorée et chérie
Comme une vigne implantée et fleurie,
Elle a produit son fruit toujours exubérant
Jusqu'au terme où tout passe et tout s'en va mourant.

J'ai recueilli ses pleurs et fermé ses paupières.
Louise au ciel n'a plus besoin de nos prières.
Elle repose en Dieu dans le sein d'un Epoux,
De lui plaire assidu, de lui plaire et jaloux
De partager sa gloire et son bonheur suprême
Entre elle et ses enfants , nés d'un amour extrême ,
Qui les ont précédés l'une et l'autre au tombeau.
Le spectacle du ciel est magnifique et beau.
C'est là qu'H., A., Ad. qui respirent ,
D'arriver tous les jours tendent sans cesse, aspirent ,
Par un chemin de fleurs , couronné des vertus ;
C'est là qu'ils n'auront rien à désirer de plus.

Notre âme en Dieu transformée et ravie
Puise dans son amour une éternelle vie.
Elle voit tel qu'il est Dieu dans sa majesté
Dont l'éclat réjouit et l'hiver et l'été.
Tous les siècles s'en vont effacés devant elle
Comme une ombre légère efface une dentelle.
Tous les siècles s'en vont effacés à ses yeux
Quand elle monte au ciel sur un char radieux ;
Quant à toute la terre elle fait ses adieux.
La terre est oubliée et la terre en silence
S'efface anéantie en sa sainte présence.

Oh ! qu'il me tarde un jour de m'élever au ciel
Et de fouler au pied le globe artificiel ;
Le globe qui n'est rien qu'un amas de poussière,
Qu'une tombe entr'ouverte à ma faible paupière.

La vie est un supplice à l'âme humble et fervente,
Que l'ombre du péché sur la terre épouvante,
A l'esprit qui désire un repos qu'il n'a pas
Et qu'il ne peut trouver qu'au-delà du trépas.
L'esprit toujours inquiet et le cœur toujours vide,
De retourner à Dieu, son principe est avide.
Oh ! qui me donnera des ailes pour voler
Vers le Dieu qui peut seul ici me consoler ?
Qui dissoudra mon corps, dépouillera mon âme
De sa robe de deuil que la tombe réclame ?

O mort ! viens rompre enfin le tissu de mes jours
Comme le tisserand la trame du velours.
Viens briser tous mes os comme on brise le verre ;
Viens rendre à mon amour le Dieu que je révère.
Ouvre-moi sur-le-champ les portes de Sion
Où mon âme s'élève avec dévotion,
Pour chanter gloire et joie à l'auteur de mon être,
A l'autel des parfums, à l'autel du Grand-Prêtre.

O mon père ! ô ma mère ! ô mon frère ! ô ma sœur !
Assis auprès de Dieu, mon zélé défenseur,
Hâtez-vous de combler mes vœux et mon attente
Et d'élever au ciel mon âme humble et fervente.
Hâtez-vous d'élever mon âme à vos genoux
Et de lui procurer le calme le plus doux.
Ah ! puis-je m'égarer en marchant sur vos traces.
Ames d'élite au ciel, que Dieu comble de grâces !
Ames de mes parents, ne me délaissez pas
Sur cette terre ingrate où je porte mes pas.

J'aime à l'aspect du ciel, à l'aspect des prairies
Promener jour et nuit mes tristes rêveries.
J'aime errer au milieu des ombres, des forêts
Et sur mes jours du ciel appeler les arrêts.
Je porte dans mon sein un trouble involontaire,
Un trouble qui m'assiège en ce lieu solitaire.

Que ce nuage obscur se dissipe à mes yeux
Au tendre souvenir de mes nobles aïeux !

Là, gémissent la veuve et la jeune orpheline
Que le ciel empourpré fête sur la colline.
Ici, l'amant soupire auprès de son amante
Et la met à l'abri de l'horrible tourmente
     Qui menace de près
Et le saule pleureur et l'if et le cyprès.

Ici, l'ombre des lys couronne l'innocence
Et protège à mes yeux le berceau de l'enfance.
Partout je vois le marbre et la pierre et l'airain
Couronner la vertu du noble pèlerin,
Tandis qu'à ses côtés le pauvre solitaire
Est foulé, méconnu sous un pouce de terre.

La croix de Jésus-Christ embrasse l'univers
Et triomphe à nos yeux dans la plaine des airs.
Son ombre fraternise avec l'espèce humaine
Sur laquelle à son gré le trépas se promène.
Son ombre attire au ciel les vivants et les morts
Affranchis désormais, affranchis du remords.

Que d'hommes appelés à régner dans la gloire
Et dont nous chérissons tendrement la mémoire,
Achèvent d'expier, hélas ! en purgatoire
Les restes du péché commis dans Saône-et-Loire !

Que d'hommes vertueux, d'amis et de parents
Souffrent sans voir la fin de cent feux dévorants !
Que de regrets amers expiés dans les larmes !
Que de sanglots poussés au milieu des alarmes,
Des craintes, des terreurs, des soupirs et des vœux !
Que de maux réservés à nos petits neveux,
Qui nous tendent les bras de leur triste demeure,
Le matin et le soir et la nuit à toute heure ;
Qui, des cœurs attendris, réclament la pitié,
La prière et l'encens de la vive amitié !
Leur voix triste et plaintive élève au ciel mon âme
Et la porte à souscrire aux dons qu'elle réclame :

Dieu bon , sensible et généreux ,
Laisseras-tu toujours souffrir les malheureux ?
N'en est-il pas assez exhumés de l'histoire ?
Faut-il en augmenter le nombre en purgatoire ?
Daigne , mon Dieu, répondre à la voix de mes pleurs
Et dissipe de grâce aujourd'hui mes malheurs.

Mes oncles égarés dans leur pélerinage
N'ont pu sauver leurs jours périlleux à la nage
Et régler avec toi leur compte lénitif ,
Doués d'un esprit doux et d'un esprit craintif.

Mes neveux embarqués sur la mer orageuse
Ont vu précipiter leur âme courageuse
Au milieu des écueils qui les ont submergés,
Et la dette envers toi dont ils étaient chargés
Est restée engloutie au fond de la mer Noire.
Ah ! daigne l'effacer , mon Dieu, de ta mémoire ,
Qu'ils planent dans les cieux comme l'aigle dans l'air
Et brillent à nos yeux comme brille l'éclair.
Qu'ils travaillent sans cesse à notre délivrance
Et sauvent avec nous le royaume de France !
Qu'ils ne permettent point au czar d'y pénétrer
Avec son escouade et de nous empêtrer !
Qu'ils chantent un cantique admirable et sublime ,
Elevés au-dessus de l'éternel abîme !
Qu'ils bénissent le port de la sainte cité ,
Triomphant dans la gloire et la félicité !

Une mère a laissé neuf enfants après elle
Sous la garde de Dieu, sous sa sainte tutelle.
Elle a laissé son nom sans tache à son époux
Et le soin d'élever ses enfants les plus doux.
Elle a laissé mourante, un frère inconsolable.
Pleurez dans le commerce une femme admirable.
Pleurez un chevalier qu'illustrent vingt combats ,
Pleurez un noble, un prêtre, un riche, un pauvre,hélas !

Oh ! que la mort est grande au milieu de la vie,
Qui s'agite autour d'elle et tombe évanouie.
Que le Dieu des vivants et que le Dieu des morts
Nous reçoive au milieu des célestes transports
Des esprits bienheureux et des hommes d'élite !

Que notre âme à jamais devant Dieu soit bénite !
Qu'elle respire en paix dans le sein du repos,
À l'ombre des lauriers, à l'ombre des drapeaux,
Couronnée à nos yeux des mains de la victoire
Et que le Dieu du ciel m'épargne en purgatoire !
Que mon encens s'élève à la voûte des cieux
Et brûle sur l'autel des parfums précieux !
Que le jeûne et l'aumône escortent ma prière
Sur la tombe où le juste est réduit en poussière !
Que le Dieu d'Isaac la ranime à ma voix,
La ranime à cette heure au pied de cette croix !
Que les Anges du Ciel la couvrent de leurs ailes.
Dieu fit l'Homme de rien, les âmes immortelles.

La cendre éparse et les os dispersés
Dans le choc du ciel et des monts renversés
Se réuniront tous à leur chair primitive
Pour subir la sentence, hélas ! définitive
Qui doit les transformer en un ordre nouveau
Pour le ciel ou l'enfer... où trouver le niveau ?
Je n'ose point juger dans la nuit des ténèbres,
Des hommes devenus parmi nous très-célèbres
Par leur vie et leurs mœurs, leur vice ou leur vertu ;
Je n'ose condamner l'homme à moitié battu.
O morts, réveillez-vous au bruit de la trompette
Qui vous appelle au jugement de Dieu
Et que l'écho répète
Sur la terre en tout lieu.
Sortez de vos tombeaux tout revêtus de gloire
Ou d'opprobre, ou jugés au feu du purgatoire.
Là, condamnés à vivre un temps trop incertain,
Tourmentés-par le feu du soir et du matin,
Vous n'obtiendrez jamais le ciel pour récompense,
Digne objet de vos vœux et de votre espérance
Qu'à l'expiation de vos péchés passés.
Prions, les yeux en pleurs pour tous les trépassés.

La prière est aux saints couronnés dans la gloire,
Aux justes délaissés, souffrant en purgatoire ;
Aux âmes des amis, aux âmes des parents
Qui s'intéressent fort au salut des mourants.

La prière appartient à tous les cœurs sensibles,

Nourris de la pitié qu'inspirent trop visibles
Tous les maux de la vie et de l'humanité,
Tous les besoins du cœur et de l'urbanité.

La prière à nos yeux est la source des grâces,
La source des vrais biens répandus sur nos traces.
Que le ciel en ce jour daigne nous exaucer
Et daigne par degré vers lui nous rehausser !

O vous, mille invités aux tristes funérailles,
Ouvrez à la pitié vos cœurs et vos entrailles.
N'ensevelissez pas les morts sans les pleurer
Dans un deuil d'apparat qui ne fait qu'effleurer
La sensibilité, le regret véritable
Qu'un être qui n'est plus inspire à son semblable.
Priez pour son repos éternel devant Dieu
Qui juge la justice et la terre en tout lieu.
Ne vous amusez pas à causer bagatelles
A l'aspect du défunt, des dépouilles mortelles
                Sur le chemin de fer
Qui mène au ciel ou qui mène à l'enfer.
Songez qu'intermédiaire il est un purgatoire
Où l'or passe au creuset chaste et laminatoire.

Funèbres oraisons.

La sonnerie appelle à l'oraison funèbre
                Que l'Eglise célèbre
Aujourd'hui dans les pleurs et les gémissements,
Les fidèles touchés des maux et des tourments
Que viennent d'endurer nos héros de Crimée
                In valle lacrymarum.
Dont l'âme au coup de feu se vit triste, abîmée.

L'âme emporte au tombeau la résurrection
Et nous laisse l'espoir et la consolation
De renaître avec elle un jour, pleins de mérites,
L'âme triomphe au ciel par dessus les guérites.
O vous nobles amis et parents des défunts,
Répandez sur leur tombe aujourd'hui des parfums,
Des regrets et des pleurs qui touchent les entrailles
A l'heure où nous fêtons leurs saintes funérailles.
Miseremini mei, miseremini mei, saltem vos
Amici mei, quia manus domini, tetigit me.

Elegi abjectus esse in domo Dei mei magisquàm habitare
In tabernaculis peccatorum. Ps. 83 , V. 11.

Il a failli mourir l'ami de la jeunesse
Frappé d'un coup de sang, frappé d'un coup mortel ,
Quand Marie, invoquée au pied du saint autel ,
Vint ranimer sa voix, au cri de ma tendresse.

Le poète revit sauvé par un miracle
Opéré sous nos yeux au pied du tabernacle.
Il revit pour aimer la jeunesse et les fleurs
Que la tendre rosée humecte de ses pleurs.

Que son sang rafraîchi renouvelle son être
Jusqu'au-delà des temps où Dieu dans son amour
Couronne les vertus et du juste et du prêtre
Appelés à régner dans l'éternel séjour.

Décembre.

La mort frappe à ma porte un coup rude et terrible
Et mon sang dans ma bouche, à grands flots, coule horrible.
Mon nez est un ruisseau
Et ma bouche un grand fleuve
Où ma vie est soumise à la plus dure épreuve.
Mon âme allait se fondre au premier coup de vent.
Quand on meurt, on s'en va dans un joli couvent.

Plorans ploravi in nocte et lacrymae ejus in maxillis ejus;
Non est qui consoletur eam ex omnibus charis ejus. Thren. 1.-2.

Elle n'a point cessé de pleurer pendant la nuit et ses joues
sont trempées de ses larmes : de tous ceux qui lui étaient chers,
il n'y en a pas un qui la console; tous ses amis l'ont mé-
prisée , etc.
    Les cloches pleurent.

Oraison funèbre

De messire GUILLARD , *ancien curé et pontife de Leynes.*

Je pleure et je gémis dans le deuil et la cendre
Où l'homme qui s'éteint n'a plus rien à prétendre

Aux honneurs d'ici-bas, trop souvent refusés
A ses mânes flétris , à ses restes usés.

Je pleure et je gémis assis sous le beffroi
Dans le deuil qui me couvre et me remplit d'effroi.
Je pleure le trépas d'un pasteur vénérable
Qui fournit à nos yeux sa carrière honorable
Digne de nos regrets, de nos vœux superflus.
Je pleure un prêtre , hélas! un prêtre qui n'est plus.
Ma lyre est attachée aux parois de ce temple.
Je ne puis exprimer l'horreur que je contemple ,
Environné du deuil mesquin, parcimonieux ,
Où le glas de la mort expire ignominieux.

Mortuus est dives et sepultus est in inferno.

Le mauvais riche est mort et tombe enseveli
Dans l'éternel abîme et l'éternel oubli.
Le mauvais riche est mort chétif et pauvre, avare ,
Tandis qu'au ciel repose en Dieu l'humble Lazare.

Oraison funèbre du juste par excellence.

Christus factus est obediens usque ad mortem.

Le Christ est Dieu fait Homme et mort sur une croix
Qui passa du Calvaire au front sacré des rois.
Il est né dans l'opprobre, au milieu d'une étable ,
Abandonné des siens, souffreteux, misérable.
Le sang des innocents inonda son berceau.
Le sien propre coula sous le sacré couteau.
Le sang du Fils de l'Homme arrosa son visage
Au moment où la mort lui peignit son image.
Le sang du Fils de l'Homme est répandu partout
Et sauva l'univers d'un bout à l'autre bout.
Du calice à la Croix, de l'autel au Calvaire
Il retrace à nos yeux le tourment volontaire
De cet Etre divin, impassible, immortel ,
Qui siège dans la gloire auprès de l'Eternel.

Je sens frémir ma lyre à l'aspect de la tombe
Où tout ce qui n'est plus se précipite et tombe
      Dans l'oubli d'un mortel
Plus froid et plus glacé qu'un marbre de l'autel.
Ombre ingrate et chérie ouvre au ciel ma demeure
Et laisse-moi pleurer sur la tombe à cette heure.

La terre est un sépulcre où le monde s'abîme
Et tombe enseveli dans le remords du crime.
La terre offre au guerrier un vaste champ d'honneur
Où la mort sous sa main frappe le moissonneur.
La terre est abreuvée et de sang et de larmes
Sous le poids des forfaits et sous le poids des armes.
La terre est loin du ciel pacifique et vainqueur.
La terre est loin du ciel où s'élève mon cœur.

Mépris des richesses périssables.

Chrétiens nés pour le ciel et non point pour la terre,
Pourquoi thésauriser sur un morceau de verre ?
Le monde est si fragile et le miroir des eaux
Le dépeint comme il est sur le bord des roseaux.
      Notre âme est quelque chose
      Et le reste n'est rien,
      La vie est une rose
      Sous l'empire aérien.
Terre !... ah ! fuis loin de nous, ta vue est ténébreuse.
Le Ciel aime à sourire à l'âme bienheureuse.
      Richesse, honneur, plaisir,
      Vanité, bagatelle,
      Tout s'use et va mourir ;
      Mais l'âme est immortelle.
Terre et cendre et poussière et cadavre et néant.
La mort vient et saisit l'homme sur son séant
Et lui dit : que fais-tu ? rentre dans le néant.
Ton âme est réprouvée et l'or qui t'a perdue
Est rentré dans la terre à tes yeux corrompue.
L'âme a recours à Dieu dans ces derniers moments
Où le corps l'abandonne épuisé de tourments.
L'âme a mis dans le ciel son unique espérance
Et la terre à ses yeux n'est plus qu'une souffrance.

Je parle à des chrétiens, voyageurs ici-bas,
Qui passent comme une ombre attachée à leurs pas.
Je dis à tous : méprisez les richesses.
Elles sont trop souvent le prix de nos faiblesses.

Crucior in hac flammá. Luc XVI. 24.

Tous les feux des enfers dévorent mes entrailles.
Mon corps est déchiré par d'horribles tenailles.
Je souffre enveloppé dans un étang de feux
Et la soif et la faim et des tourments affreux.
Abraham ! Abraham, écoute ma prière
Et répands sur ma langue une goutte d'eau claire.
Ma langue est desséchée et mon gosier brûlant
N'éprouve rien qui puisse apaiser un hurlant
Abraham aussitôt, répond au mauvais riche :
Comme un cerf altéré, comme un faon, une biche
Que poursuit le chasseur avec ses chiens d'arrêt,
Dans le fouilli d'un bois, d'une épaisse forêt :
J'étais dans les beaux jours privé de nourriture,
Misérable à ta porte et couché sur la dure.
Je mourrais de misère et je mourrais de faim,
Demandant à grands cris quelques miettes de pain
Que tu laisses tomber à regret de ta table.
Non, meurs pauvre à mes yeux et dernier misérable.
Je ne te connais point revêtu de haillons,
Serf indigne de vivre en mes riches sillons.
Laisse-moi festiner sans trouble et sans alarmes,
Et dérobe à mes yeux le secret de tes larmes.
« Riche au cœur né de bronze, au cœur né de l'airain,
« Riche au cœur égoïste, au cœur dur, inhumain,
« Tu gémis à ton tour au fond des noirs abîmes,
« Et des remords sans fin éternisent tes crimes.
« Je n'ai rien à t'offrir dans le sein du Très-Haut
« Qu'un vase d'amertume et qu'un horrible seau
« D'absinthe à traverser au milieu des rivières,
« Des rochers hérissés d'écueils et de sablières
« Qu'enflamment jour et nuit d'éternels monts Ethna,
« Que la foudre du ciel ou l'enfer incarna. »

Riche que la mollesse énerve sur la plume,
Que le tendre duvet délicate et consume,
Venez voir votre frère assis sur des charbons,
Environné de feux qu'attisent les tisons.
Voyez sa langue aride et noire de fumée,
Sa figure livide et sa bouche enflammée
Et tout son corps rongé comme la braise au feu;
Dites à votre frère un éternel adieu.

Et vous enfants des saints, possesseurs de Dieu même,
Couronnés dans la gloire et ceints du diadème,
Voyez du haut du ciel vos parents aux enfers,
Bourrelés de remords, détenus dans les fers.
Ah! repoussez, Seigneur, loin de nous cette image
Et saisissez ma plume au bout de cette page.

Élégie.

La perte que j'éprouve a redoublé mes pleurs.
La vigne défeuillée exprime ma tristesse.
Les ombres des forêts retracent mes douleurs
Et le deuil de mon fils afflige ma vieillesse.

Les Morts.

Le deuil de la nature ombrage les tombeaux.
La mort prête à la nuit ses lugubres flambeaux.
Un crêpe sombre et noir orne mes reins funèbres
Et me laisse languir assis dans les ténèbres.
Une croix sépulcrale inspire ma douleur
Et des regrets amers s'échappent de mon cœur.
Ma lyre est lamentable et ma tristesse est sombre.
Le cyprès me protège et couvre de son ombre.
J'aime à pousser des cris sur la cendre des morts
Et la mélancolie inspire mes accords.
O que mes yeux toujours se plaisent dans les larmes
Et trouvent dans la mort des douceurs et des charmes !
La terre est un tombeau qui s'entr'ouvre aujourd'hui
Pour implorer du ciel le secours et l'appui.
De tous côtés des voix s'échappent des abîmes ;
De tous côtés la tombe exhume ses victimes;
Et le monde est rempli de saints gémissements

Et se pare de deuil et d'humbles vêtements.
Le jeûne et la prière inspirent les aumônes
Et les pleurs sont amers et le fruit des automnes.

Messe

De Requiem.

L'esprit rempli de deuil et l'âme de tristesse ,
Des justes en repos je célébrais la messe.
J'étais comme absorbé dans la nuit du tombeau
Et la mort dans mes mains agitait son flambeau.
Je pâlissais d'effroi dans ces sombres demeures
Où je n'entendais plus, hélas! sonner les heures.
Mille ombres m'assiégeaient surprises de me voir ,
Comme un homme endormi , bercé d'un fol espoir.
L'une m'envisageait comme un être profane
Et l'autre caressait humblement ma soutane.
J'étais saisi de crainte et le temps me durait
Dans ce lieu de misère où le monde pleurait.
J'arrive au *memento* qui me déchirait l'âme
Et je sens tous mes os calciner dans la flamme..
Où suis-je? où suis-je? ô Dieu! sauve un infortuné ;
Et maudit soit le jour , et l'heure où je suis né.
Le pain sacré n'est plus dans l'hostie adorable
Où Dieu se communique et s'incorpore à nous.
Le Dieu qui ne meurt plus paraît à cette table
Où le juste à ses pieds embrasse ses genoux.
Le silence et le deuil règnent dans la chapelle ,
Où l'absoute des morts se passe dans le chœur.
Je pars, et du saint lieu j'emporte une étincelle
Du feu sacré qui brûle et consume mon cœur.

Extrait du Déluge.

Ah ! j'ai perdu, mon Dieu, mon amante adorable.
Elle qui m'aimait tant me laisse inconsolable.
J'ai perdu mon amante et voici son cercueil
Qui flotte sur la rive et me couvre de deuil.
Ses beaux yeux que j'aimais sur sa couche d'ivoire,
Ils ne s'ouvriront plus pour moi dans Saône-et-Loire.

Son front où se peignait si bien l'amour du Ciel...
Et sa bouche de rose et sa bouche de miel...
Et sa voix douce et pure et son âme angélique
Ne me diront plus rien sous ce sacré portique
Où la cendre et la mort règnent sur le néant
Et me laissent rêver assis sur mon séant.
Vois-tu cette ombre errer à notre pyramide
Que la mort couvre , hélas ! de son manteau humide
Eh bien ! cette ombre... ô ciel ! est l'ombre de Clara...
Que me demande-t-elle? un triste *Libera*.

Le cours de la vie.

La vie est une fleur qui se fane à nos yeux ,
Un torrent qui se brise au pied de nos aïeux ,
Un miroir où l'amour réfléchit son image ,
Une mer où le calme est troublé par l'orage.
La vie est un flambeau qui dirige nos pas ,
A travers mille écueils que sème le trépas ,
La vie est une clair semé dans la tempête
Qui gronde et qui murmure au loin sur notre tête,
La vie est un rayon de la Divinité
Qui se perd dans le temps et dans l'éternité.

Les Obsèques.

J'entends tinter la mort à mon premier réveil....
La mort , toujours la mort vient troubler mon sommeil.
Je la vois sur ma couche exposer son image
Et plus je la repousse et plus je l'envisage.
Je me lève en tremblant assis à ses côtés
Je me lève et la vois sur mes bas tricotés.
Je fuis, mais en vain l'air empoisonné par elle ,
La mort vole à mes yeux sur le champ et m'appelle...
Au son triste et plaintif du lugubre beffroi
Qui remplit la cité d'un juste et saint effroi.
La croix porte un Dieu mort pour le salut du monde ;
Le Clergé, pénétré d'une douleur profonde ,
La suit les yeux en pleurs en long habit de deuil ,
Exhalant ses soupirs devant l'humble cercueil.
Des parents, des amis dans un morne silence
Escortent le défunt, signalent sa présence.
Ils portent dans leurs mains le poële de la mort
Qui s'étend sur la vie , où le juste s'endort.

Obsèques de ma mère.

O toi qui m'as porté neuf mois dans tes entrailles
Et nourris de ton lait au pied de ces murailles ;
Toi qui m'as préservé d'un indigne abandon
Et mérité du ciel un généreux pardon ;
Toi qui dans l'infortune as pris soin de mon âme
Et sus la préserver, l'affranchir de tout blâme ;
Toi qui m'as revêtu de la robe de lin ,
Baptisé sous le nom du jeune Eliacim ;
Toi qui sus m'enrôler dans la milice sainte
Et m'inspirer du ciel et l'amour et la crainte ;
Toi qui m'as poursuivi jusqu'au pied de l'autel
Où je fus consacré prêtre indigne et mortel ;
Ah ! puis-je t'oublier à cette heure suprême ,
Où je fais à Dieu seul l'abandon de moi-même ?
Puis-je oublier ma mère et ses humbles vertus
Au milieu des combats que j'ai bien combattus ?
Bonum certamen certavi, cursum consummavi,
Fidem servavi, in reliquo reposita est mihi coronà justitiæ, etc.

Obsèques de Marie-Anne-Félicité Gono.

Le ciel parle à mon âme au sein de la poussière ,
A l'aspect d'une tombe, à l'aspect d'une bière.
Il lui découvre un monde ancien, toujours nouveau,
Qui renaît de sa cendre, au-delà du tombeau.
Il rappelle ma sœur à ma triste mémoire.
Marie-Anne échappée au feu du purgatoire.
Marie-Anne endormie au couvent Mont-Luel
Ressuscite à mes yeux l'ombre de Samuel.
Je la vois me parler, je la vois me sourire
Et me tendre les bras aux accords de ma lyre
Ah! mon frère, hâte-toi d'arriver au bonheur
Et de combler les vœux de la plus tendre sœur.
Hâte-toi, couronné d'une gloire immortelle,
De la rejoindre au ciel et d'arriver près d'elle.

Le Deuil.

Le deuil parle à mon cœur enseveli dans l'ombre
Une douleur amère, une tristesse sombre.

Le deuil ouvre à mon âme un sépulcre nouveau
Où la mort tient en main son lugubre flambeau,
Dont la lumière obscure et pâle et vacillante
L'avertit d'être sage et d'être vigilante.
Le deuil a la vertu de corriger les mœurs ,
Et du chyle et du sang les mauvaises humeurs.
Le deuil du péché corrige la folie
Et l'excès de tristesse et de mélancolie ;
Le deuil du péché produit le bon propos
Et donne à l'âme enfin le calme et le repos.

La mort emporte au ciel sur son char triomphant
Une mère en travail de son treizième enfant
Et se rit de nos pleurs au champ des funérailles ,
Et se rit des chagrins qui rongent nos entrailles.
La Saône en ce moment est couverte de deuil
Et toute la cité suit l'œil morne un cercueil
Qui renferme à la fois et l'enfant et la mère...
Est-il une douleur au monde plus amère ?
Qui peut nous consoler, qui nous délivrera
Du fardeau qui nous pèse ? un triste *Libera*, etc.

Quel est cet homme juste emporté dans la tombe ?
Est-ce un époux , un père , un ami qui succombe ?
Est-ce un riche, est-ce un pauvre, est-ce un prêtre, est-ce un roi ?
La piété des cieux préside à son convoi ,
C'est l'humble Casémir amassant pour répandre ,
Couché sur le sarment, la tête sur la cendre ;
C'est Laplate , homme juste , adoré des méchants ,
Macéré sous la croix et courbé sous les ans ;
C'est le sage Trempier dont la sagesse austère
Relève le mérite et le saint caractère ;
C'est le pieux Boussin chéri de son troupeau ,
Dispersé, mis en fuite à l'aspect du hameau ;
C'est le docte Motton, c'est le père Débrosse
La gloire et l'ornement du divin sacerdoce ;
C'est Belzunce à mes yeux affrontant le danger ;
C'est Fontanges mourant pour sauver l'étranger
Dans les bras de la mort innocent et victime,
Poursuivi par l'enfer, dévoré par l'abîme.
C'est l'archevêque d'Auche, illustre et saint mortel,
Digne au siècle futur d'éterniser l'autel ;
C'est le brave d'Achon traversant l'incendie

Et rendant à sa mère un enfant plein de vie;
C'est Merle mitraillé deux fois dans les Broteaux,
C'est Noly, c'est Denamps sous la main des bourreaux;
C'est, où m'emporte, hélas! une douleur amère?
C'est le fils qui succède à la mort de son père;
C'est Berry qui, frappé d'un coup sanglant, mortel,
Emporte dans son sein le poignard de Louvel.....

Service funèbre.

J'ai vu couler mes jours comme ceux du printemps
Et la feuille tomber à mes yeux tous les ans.
J'ai vu naître et mourir en un jour l'anémone
Et sur trois rois passer le sceptre et la couronne.
J'ai visité souvent le fragile roseau
Et l'if et le cyprès sur le bord du tombeau.
La vie est une fleur dont la tige superbe
Se dessèche à nos yeux comme l'humble brin d'herbe.
La mort moissonne tout et ne nous laisse rien
Que le titre sacré de juste et de chrétien.
Ainsi je méditais à l'aspect de la tombe
Où tout meurt et s'en va, se précipite et tombe.
J'étais seul, isolé, non loin de Saint-Denis
Dans le deuil et les pleurs des tristes fleurs de lis.
Là, j'adressais au ciel une oraison funèbre
Et j'écrivais le nom de ce prince célèbre
Qui revint de l'exil entouré de vainqueurs,
Fixer son règne en France établi dans nos cœurs.
La piété du juste en Dieu toujours repose.
A l'autel en mes mains tombe une lettre close
Qui m'appelle à prier sur le tombeau des rois;
Je vole à Saint-Denis me ranger sous ses lois.
Mes yeux n'ont jamais vu tant de magnificence
Que j'en vis à la mort d'un noble roi de France.
Fraissinous monte en chaire et ses longs cheveux blancs
Peignent à tous les yeux la mort à tous les rangs.
J'ai vu sur le cercueil promener l'oriflamme
A la voix d'un héraut qui déchira mon âme
En criant par trois fois : le Roi est mort!!!
                    Vive le Roi !

Cette voix jusqu'au ciel frappe la Basilique
Et la remplit soudain d'une flamme électrique.

Aussitôt ducs et pairs jettent leurs attributs
Sur le corps du défunt, ornements superflus.
La poussière en repos va rejoindre ses pères.
Les plus grands rois du monde éprouvent nos misères.

Jugement particulier.

La mort vient soulever le voile de la vie
Et sonne à son chevet son heure d'agonie.
Les Démons sont tout prêts à conduire aux enfers
L'impie et le méchant, l'ingrat et le pervers.
Le bras de Dieu s'étend sur l'âme scélérate
Et fait main basse, hélas ! sur le juste Socrate.
Tout passe au jugement qui suit de près la mort
Et tout subit l'arrêt de son funeste sort.

Jugement général.

La nature à genoux au pied de son auteur
Reconnaît aujourd'hui sa suprême grandeur.
Tout conspire à l'aimer, tout conspire à le craindre
Sans oser murmurer et sans oser se plaindre.
Les peuples et les rois, les vivants et les morts
Eprouvent réunis mille et mille transports
De détresse et d'amour, de crainte et d'espérance
Et tous avec raison redoutent la souffrance.
Le sol tremble et le ciel se découvre à mes yeux.
Le Fils de l'Homme assis sur un char radieux
S'avance précédé de sa croix adorable
Comme un Dieu juste et saint, comme un Dieu formidable
Les Anges qui gardaient nos cités, nos remparts
Ne peuvent soutenir le feu de ses regards.
Ils se voilent tremblants la face de leurs aîles.
La majesté de Dieu va frapper les rebelles.
Peuples des Quatre-Vents mêlés et confondus
Dans des cultes divers où vous êtes perdus,
Paraissez maintenant devant le Dieu suprême
Qui va lancer sur vous son dernier anathème.

Les ombres de Saint-Brice.

Dans la nuit des tombeaux et le pays des ombres,
J'ai recueilli mon âme et promené mes pas
A travers mille objets tristes, lugubres, sombres,
Qui peignent à nos yeux les horreurs du trépas.
J'ai voulu pénétrer jusqu'au fond des abîmes
Et delà m'élever jusqu'aux voûtes sublimes
Où nage notre esprit dans le sein du Très-Haut;
J'ai voulu visiter en passant le cahos
Où l'âme détenue attend sa délivrance,
Dans ce lieu de tourment, dans ce lieu de souffrance
Et j'ai voulu savoir, pénétrer l'avenir
Où l'âme est destinée à ne jamais finir.

L'immortalité de l'âme.

Oui, Platon, tu dis vrai : notre âme est immortelle;
C'est un Dieu qui lui parle, un Dieu qui vit en elle.
Et d'où viendrait sans lui ce grand pressentiment,
Ce dégoût des faux biens, cette horreur du néant?
Vers des siècles sans fin je sens que tu m'entraînes;
Du monde et de mes sens je vais briser mes chaînes,
Et m'ouvrir loin du corps dans la fange arrêté,
Les portes de la vie et de l'éternité.
L'éternité! quel mot consolant et terrible!
O lumière, ô nuage! ô profondeur horrible!
Que dis-je? où suis-je? où vais-je? et d'où suis-je tiré?
Dans quels climats nouveaux, dans quel monde ignoré
Le moment du trépas va-t-il plonger mon être?
Où sera cet esprit qui ne peut se connaître?
Que me préparez-vous, abîmes ténébreux?
Alors, s'il est un Dieu, Platon doit être heureux.
Il en est un sans doute et je suis son ouvrage.
Lui-même au cœur du juste il empreint son image.

Mâcon, Imprimerie de ROMAND.